Vente des Lundi 15 et Mardi 16 Février 1875

SALLE N° 3

BELLES

GUIPURES, DENTELLES

POINTS DE VENISE

FAIENCES ITALIENNES

Exposition publique

Le Dimanche 14 Février 1875

Me CHARLES PILLET,	M. CHARLES MANNHEIM,
COMMISSAIRE-PRISEUR,	EXPERT,
10, rue de la Grange-Batelière.	7, rue Saint-Georges.

CATALOGUE

DE

BELLES ET ANCIENNES

GUIPURES, DENTELLES

POINTS DE VENISE

FAIENCES ITALIENNES DES DIVERSES FABRIQUES

BIJOUX, VERRERIE DE VENISE

OBJETS VARIÉS

MEUBLES

DONT LA VENTE AURA LIEU

HOTEL DROUOT, SALLE N° 3,

Les Lundi 15 et Mardi 16 Février 1875,

A deux heures.

Par le ministère de Mᵉ **CHARLES PILLET**, Commissaire-Priseur,
10, rue de la Grange-Batelière,

Assisté de **M. CHARLES MANNHEIM**, Expert,
7, rue Saint-Georges,

Chez lesquels se distribue le présent Catalogue

EXPOSITION PUBLIQUE : Le Dimanche 14 Février 1875,
De une heure à cinq heures.

CONDITIONS DE LA VENTE

Elle sera faite au comptant.

Les acquéreurs payeront, en sus des adjudications, *cinq pour cent* applicables aux frais.

L'exposition mettant le public à même de se rendre compte de l'état des objets, il ne sera admis aucune réclamation une fois l'adjudication prononcée.

PARIS. — Imprimerie PILLET FILS AÎNÉ, rue des Grands-Augustins, 5.

DÉSIGNATION DES OBJETS

FAIENCES

1 — Urbino. — Très-beau vase cylindrique d'un bel émail, orné d'un médaillon. Buste de femme. Décor de feuillages et marguerites sur fond bleu.

2 — Urbino. — Vase ovoïde d'un bel émail orné de deux médaillons, décor de rinceaux et marguerites sur fond bleu lapis.

3 — Urbino. — Vase de forme sphérique : médaillons, feuillages et arabesques sur fond bleu.

4 — Castelli. — Deux beaux vases sur piédouche avec leurs couvercles et décorés de paysages. Très-fins d'émail et de dessin.

5 — Castelli (imitation). — Grande et belle coupe; d'un côté la toilette de Vénus, de l'autre Neptune. La couleur et l'émail ne laissent rien à désirer : les anses sont formées par des serpents enroulés.

6-9 — Urbino. — Quatre paires de grands et beaux cornets ornés de médaillons et arabesques. Ce lot sera divisé.

10-12 — Urbino. — Trois paires de cornets moyens. Ce lot sera divisé.

13 — Casteldurante. — Un vase cylindrique, arabesques et mascaron gris sur fond bleu.

14 — Urbino. — Vase cylindrique, trophées d'armes et frises d'arabesques.

15 — Urbino. — Vase à deux médaillons, décor de lys et de marguerites sur fond bleu.

16 — Naples (fabrique Delvecchio). — Vase très-gracieux de forme, faïence marbrée, époque Louis XVI. Têtes de faunes et guirlandes en relief, réservées en blanc.

17 — Perse. — Pot à anses, décor de tulipes et feuillages sur fond d'écailles bleu et vert. Belle pièce.

18 — Perse. — Une chope à anse décorée d'animaux sur fond vert.

19 — Strasbourg. — Chope en faïence, décor de fleurs : monture en étain.

20 — Furstenberg.—Brûle-parfums porcelaine Louis XVI, décor de mascarons et guirlandes dorées.

21 — Urbino. — Deux supports ou consoles en forme de chimères ailées avec goulottes, sur socle rectangulaire. Le moulage des contours en est parfait, la couleur et l'émail d'une bonne réussite.

22 — Gubbio. — Grand et beau plat représentant sur fond azuré saint Georges. Bord de feuillages et arabesques à reflets nacrés.

23 — Milan. — Beau plat, fleurs et papillons réhaussés d'or.

24 — Castelli. — Un plat représentant une bataille. Bordure de trophées d'armes surmontés d'une armoirie.

25 — Castelli. — Grand plat, au centre une femme marchant au supplice. Le bord décoré de fleurs et arabesques surmontées d'une armoirie.

26 — Perse. — Beau plat, décoré de palmes sur fond d'écailles bleu et vert.

27 — Perse. — Autre plat, décoré de tulipes et de roses sur fond blanc.

28 — Moustier. — Plat oblong, forme vanette, décoré d'un médaillon entouré d'une guirlande.

29 — Japon. — Deux beaux plats à bords contournés : bouquets de fleurs et armoirie.

30 — Rouen. — Grand plat, décor polychrôme à la corne.

31 — Marseille. — Six plats à bouquets bleus sur fond blanc de lait.

32 — Gubbio. — Grand et beau plat représentant la naissance de Jésus. Cette pièce date des premières années du XVIe siècle.

33 — Venise. — Grand plat creux avec armoiries au centre : le bord est décoré de fleurs et de palmettes à la manière persane.

34 — Savone. — Grand plat bleu à bossage.

35 — Castelli. — Soucoupe encadrée, décor de paysages et animaux.

36 — Marseille. — Une coquille, décor de fleurs d'une grande finesse.

37 — Castelli. — Deux assiettes très-fines ; décor de paysages et armoirie.

38 — Castelli. — Deux présentoirs ; sujets champêtres peints par Gentile.

39 — Castelli. — Deux petites assiettes : paysages d'une grande finesse d'exécution.

40 à 43 — Castelli. — Quatre petites assiettes sujets divers. Ce lot sera divisé.

44 — Castelli. — Très-belle plaque dans son cadre. Intérieur de ferme et paysage d'une grande finesse.

45 — Castelli. — Belle plaque ronde dans son cadre. Sujet allégorique peint par P. Gentile, surnommé à juste titre le Miniaturiste de la fabrique de Castelli. Le dessin, ainsi que le coloris et l'émail, ne laissent rien à désirer.

46 — Castelli. — Plaque du même artiste faisant pendant à la précédente.

47 — Castelli. — Belle plaque carrée. Sujet biblique.

48 — Castelli. — Plaque carrée. Décor de paysage.

49 — Castelli. — Deux belles plaques ovales. Sujets pastoraux.

50 — Castelli. — Belle plaque ovale sujet saint. Cadre ancien, noir et or, supporté par des anges.

51 — Castelli. — Plaque ronde représentant la Madeleine.

52 — Venise. — Belle chaufferette venitienne Louis XVI, décor de feuillages et grappes de raisin.

53 — Castelli (première fabrication). — Ustensile en faïence servant à égoutter les essences : le récipient formé par un mascaron domine une cuvette oblongue à bossages, décorée d'arabesques.

54 — Castelli. — Belle soupière formée par une tortue avec son plateau, forme et dessin vanette.

55 — Castelli. — Ancienne lampe à huile, à deux becs, très-gracieuse de forme.

56 — Castelli (première fabrication). — Gourde plate sur piédouche, décorée de deux médaillons représentant des sujets de chasse.

57 — Castelli. — Chaufferette à eau chaude en forme de missel.

58 — Castelli. — Salière ancienne. Chien supportant une coquille.

59 — Castelli. — Grande et belle tasse avec sa soucoupe. Sujet pastoral d'une belle exécution.

60 — Castelli. — Tasse et soucoupe, décorées d'amours, portant la date 1757.

61 — Castelli. — Trois tasses sujets divers.

62 — Castelli. — Deux tasses d'une grande finesse.

63 — Urbino (imitation). — Deux flambeaux. Enfants portant une tulipe.

64 — Capodimonte. — Statuette égyptienne en faïence. Pièce remarquable par la perfection des contours, l'émail et sa légèreté.

65 — Sèvres (pâte tendre). — Brûle-parfums Louis XVI, orné de festons en relief. Au pied un enfant appuyé sur une cage.

66 — Rouen. — Jardinière carrée, décor de fleurs.

67 — Deux consoles faïence. (Imitation d'Urbino).

68 — Deux statuettes faïence française. Berger et bergère.

69 — Deux peintures encadrées, dont une sur faïence.

70 — Deux flambeaux en faïence de Delft, montés en bois sculpté.

71 — Deux beurriers en Delft avec oiseaux.

72 — Une soucoupe à anses de Castelli.

73 — Une statuette faïence de Custine et deux pantoufles Louis XIV.

74 — Un flambeau et un porte-huilier de la fabrique Delvecchio de Naples.

75 — Une assiette et un moutardier en Moustier.

VERRERIE DE VENISE

76 — Seau en verre de Venise bleu vert avec anse mobile. (Collection Roussel).

77 — Deux flacons en verre de Venise émaillé.

78 — Coupe à anses en verre de Venise avec une pomme bleue au milieu.

79 — Verre de mariage allemand, attributs en émail ; et un autre objet en verre de Venise.

BIJOUX & MINIATURES

80 — Deux miniatures. Anne d'Autriche et mademoiselle de Lavallière.

81 — Boîte Louis XIV, en cuivre repoussé et doré.

82 — Tabatière porcelaine montée en argent.

83 — Flacon en argent repoussé et doré.

84 — Cassolette en forme de cœur et un étui avec dé en argent ciselé.

85 — Deux flacons en émail et une paire de ciseaux anciens.

86 — Montre Louis XIII, en émail, représentant Hercule et Omphale : à l'intérieur, paysage d'une grande finesse.

87 — Montre Louis XVI, en émail bleu sur or entouré de deux rangs de perles.

88 — Flacon à cannelle en argent repoussé, surmonté d'une grappe de raisin. Époque Louis XIV.

89 — Poire à poudre en fer damasquiné d'argent. Époque Louis XIII.

90 — Nécessaire avec ses accessoires en argent ciselé, orné de jaspes.

91 à 93 — Trois émaux anciens avec bordures en argent et jargons.

94 — Broche en grenat et une clef de montre, ancienne.

95 — Agrafe, broche, boutons et boucles d'oreilles en émail sur argent (travail moderne).

96 — Très-belle châtelaine en argent et marcassite.

97 — Parure en argent et marcassite. Bracelet, boucles d'oreilles et broche.

98 — Broche à pendeloque avec chainette en argent et marcassite.

99 — Garniture de boutons d'incroyable.

100 — Châtelaine Louis XVI avec émaux.

101 — Collier et boucles d'oreilles en corail.

102 — Un fil de corail et une paire de boucles d'oreilles napolitaines.

103 — Bracelet et collier corail.

MEUBLES & OBJETS DIVERS

104 — Beau secrétaire Louis XVI en bois de rose et palissandre. La marqueterie d'une grande finesse représente des attributs de musique surmontés d'une draperie. Le corps inférieur est formé de deux battants ornés de vases de fleurs ; les deux côtés sont également ornés de fleurs ; les bronzes sont de l'époque, et le tout est d'une parfaite conservation.

105 — Six belles chaises en chêne sculpté couvertes en velours vert.

106 — Deux présentoirs en cuivre argenté, repoussé, et repercé à jour, représentant des divinités marines.

107 — Porte-montre Louis XVI en bois sculpté et doré.

108 — Cadre rond en bois sculpté et un porte-montre Louis XVI.

109 — Cadre en écaille.

110 — Une paire de chenets Louis XIII en fer forgé.

TABLEAUX

111 — École allemande. — Effet de lune.

112 — Moreau. — Les laveuses.

113 — Serrur. — Cheval sortant de l'écurie. (Signé).

114 — Palizzi. — Même sujet. (Signé).

115-116 — Deux tableaux. Bouquets de fleurs dans leurs cadres, en bois sculpté et doré.

117 — Très-beau lot de fleurs de Venise, brodées en soie, avec reliefs ayant été faites pour application sur damas.

DENTELLES, GUIPURES

ET POINTS DE VENISE

118 — Très-beau dessus de lit, point de Venise à l'aiguille taillé dans la toile, composé de 12 m. 50 de Venise et de 7 m. 50 dents de Venise, le tout d'une parfaite conservation.

119 — Autre dessus de lit en Venise dans la toile, composé de 17 m. Venise et 8 m. 40 de dents.

120 — Dessus de lit à carreau Venise et filet.

121 — Deux beau rideaux de 2 m. 45 de haut avec armoiries au milieu. Venise et filet à carreaux.

122 — Beau dessus de lit toile brodée et Venise à carreaux.

123 — Dessus de lit à carreau Venise et toile brodée.

124 — Très-grande nappe Venise dans la toile.

125 — Jolie nappe filet et toile.

126 — Belle nappe toile et Venise.

127 — Nappe brodée sur toile.

128 — Beau tapis de Venise d'une parfaite conservation.

129 — Très-beau tapis Venise dessin très-riche.

130 — Autre tapis Venise très-fin.

131 — Beau tapis brodé à l'aiguille dans la toile avec raies de filet. (Travail très-rare).

132 — 8 m. 50. — Entre-deux de Venise à rosaces pour rideaux.

133 — 7 m. 45. — Venise sur toile pour meubles.

134 — 6 m. 25. — Venise pour costumes.

135 — 3 m. 30. — Beau Venise gothique très-rare.

136 — 8 m. 10. — Beau Venise sur toile. (Aunage très-rare).

137 — 3 m. 30. — Beau Venise. Entourage de tapis.

138 — 6 m. 25. — Venise gothique.

139 — 3 m. »». — Volant de Venise d'une grande finesse.

140 — 3 m. 35. — Venise pour meubles.

141 — 4 m. 30. — Jolie Venise pour costume.

142 — 2 m. 65. — Jolie parure Venise.

143 — 5 m. 25. — En deux coupons. Venise à rosaces.

144 — 2 m. 35. — Venise très-fin pour parure.

145 — 2 m. 25. — Venise avec sa dent gothique.

146 — 2 m. 80. — Venise pour meubles.

147 — 7 m. 45. — Belle broderie Venise dans la toile.

148 — 1 m. 95. — Deux barbes Venise. (Beau travail).

149 — 2 m. 50. — Beau Venise gothique.

150 — 3 m. — Beau volant de Venise.

151 — 3 m. 25. — Venise à deux têtes.

152 — 1 m. 80. — Dos de canapé, point de Venise.

153 — 3 m. 65. — Beau travail sur toile (très-rare).

154 — 2 m. 70. — Venise gothique pour meubles.

155 — 1 m. 80. — Garniture de cheminée en Venise.

156 — 2 m. 15. — Beau dossier de canapé brodé sur toile et filet.

157 — 1 m. 80. — Très-beau Venise.

158 — 2 m. 60. — Venise pour meubles.

159 — 3 m. 75. — Volant point de Venise (très-bien conservé).

160 — 4 m. 35. — Venise pour meubles.

161 — 7 m. 70. — Beau filet renaissance deux couleurs pour rideaux.

162 — 3 m. 70. — Filet gothique pour meubles.

163 — 3 m. 60. — Beau filet brodé, deux couleurs.

164 — 3 m. 90. — Filet gothique.

165 — 2 m. — Beau travail sur toile, broderie et guipure.

166 — 4 m. 10. — Bel entre-deux de Venise pour jupon.

167 — Beau tablier de Venise taillé dans la toile.

168 — 4 m. 75. — Jolie Venise d'une rare finesse.

169 — 4 m. 70. — } 8 m. 20. — Venise à rosace pour meubles.
170 — 3 m. 50. — }

171 — 12 m. 80. — Joli Venise fin pour costumes.

172 — 10 m. 85 en deux coupons. — Guipure italienne.

173 — 12 m. 25. — Joli entre-deux, guipure pour costumes.

174 — Beau tablier Venise, taillé dans la toile.

175 — 7 m. — Entre-deux guipure.

176 — 4 m. 10. — Belle guipure.

177 — Ancien tablier de religieuse, broderie dans la toile.

178 — 3 m. 50. — Guipure de Malte fil écru.

179 — 10 m. 70. — Belle dent italienne copiée de l'ancien,

180 — 3 m. 90. — Belle dent gothique.

181 — 3 m. 35. — Jolie dent, guipure de Venise.

182 — 3 m. 30. — Belle dent de Venise.

183 — 2 m. 30. — Dents gothiques, guipure italienne.

184 — Beau tablier batiste et Venise à l'aiguille.

185 — 4 m. 20. — Filet rouge en aloës, brodé à la main.

186 — 6 m. 85. — Beau filet écru, brodé soie rouge.

187 — 3 m. 55. — Beau Venise à fil tiré dans la toile, brodé en soie.

188 — 5 m. 10. — Dentelle orientale, fil écru.

189 — 3 m. 95. — Broderie sicilienne, sur toile et guipure.

190 — 9 m. 65. — Bel entourage de tapis sur toile.

191 — 8 m. — Toile brodée soie, au petit point. (Travail oriental).

192 — 11 m. 90. — Filet jaune en fil d'aloës, brodé à la main.

193 — 5 m. 75. — Broderie sur toile, à fil tiré.

194 — Petit coussin en toile, brodé soie.

195 — Tapis en fil d'aloës, brodé.

196 — Tapis brodé à la main, soie rouge. (Pièce rare).

197 — Autre tapis pareil.

198 — 6 m. 50. — Très-beau Venise, pour meubles, point à l'aiguille.

199 — 3 m. 40. — Venise très-fin pour parures.

200 — 6 m. 25. — Beau venise à l'aiguille pour rideaux.

201 — 6 m. 30. — Entre-deux Venise pour ameublements.

202 — 1 m. 55. — Dossier de canapé en Venise.

203 — { 2 m. 95 / 4 m. 20 } 7 m. 15. — Entre-deux guipure italienne pour costume.

204 — 10 m. 15. — Entre-deux guipure pour parure.

205 — 3 m. 10. — Entre-deux gothique, guipure italienne.

206 — 3 m. 45. — Beau Venise à l'aiguille.

207 — { 1 m. 40 / 2 m. 75 } 4 m. 15. — Point de Gênes pour parure.

208 — 3 m. 30. — Beau travail sur toile Venise et broderie.

209 — Deux beaux coussins Venise.

210 — Beau coussin Venise à l'aiguille.

211 — Grand et beau coussin Venise et toile brodée.

212 — Deux coussins écrus, toile brodée et Venise.

213 — Deux beaux coussins, point à l'aiguille.

214 — Deux coussins, broderie sur toile et Venise.

215 — Coussin Venise à l'aiguille, d'une grande finesse.

216 — Gorge de chemise et coiffure en Venise.

217 — Dessus de coussin rond en Venise, avec bordure à fleurs de lis.

218 — Bel encadrement de coussin Venise à l'aiguille.

219 — Très-beau tapis point de Venise à l'aiguille, d'une parfaite conservation : son dessin et la dent qui l'entoure en font une pièce exceptionnelle.

220 — Beau tapis, filet Louis XIII. Dessin fleurs de lis d'une très-rare finesse.

221 — Beau tapis, filet brodé Louis XIII. Même dessin.

222 — Très-belle parure en guipure de Gênes, composée de deux barbes, un volant, bordure à deux têtes fleurs de lis, et deux coupons, entre-deux même dessin. En tout, 13 m. 80.

223 — 8 m. 30. — Entourage de drap, Venise däns la toile.

224 — 11 m. 40. — Entre-deux guipure italienne.

225 — 9 m. 20. — Bel entre-deux guipure italienne.

226 — 5 m. 25. — Entre-deux Venise à l'aiguille, pour lingerie.

227 — 3 m. 60. — Beau Venise pour lingerie.

228 — 1 m. 40. — Guipure grecque à deux têtes.

229 — Coiffure de paysanne napolitaine.

230 — Belle nappe de Venise d'une grande finesse.

231 — 5 m. 70. — Guipure de Flandre.

232 — 2 m. 75. — Guipure de Venise.

233 — 3 m. — Belle dent de filet gothique.

234 — Belle paire de barbes, valencienne Louis XIII, d'une grande finesse et très-bien conservée.

235 — Magnifique paire de barbes, point d'Angleterre Louis XVI, avec attributs, parfaitement conservée.

236 — 4 m. 20. — Entre-deux de Venise d'une grande finesse et excessivement rare.

237 — 3 m. 60. — Dentelle en argent, dessin Louis XIII. Pièce de collection.

238 — Très-belle chemise italienne, point de Venise.

239 — Belle chemise, point de Venise écru, d'un travail rare et parfaite de conservation.

240 — Chemise toile écrue, brodée dans la toile, travail grec.

241 — Belle chemise italienne, Venise brodé dans la toile, avec son tablier.

242 — Beau tapis, filet brodé, soie rouge. Travail oriental.

243 — Tapis filet gothique.

244 — Joli petit tapis, filet bleu brodé blanc.

245 — Garniture de cheminée, filet écru, brodé soie.

246 — 3 m. 65. — Filet en fil d'aloès, brodé.

247 — Belle broderie sur aloès, époque Henri II. Pièce de collection.

248 — Soixante bonnets de religieuses, en Venise très-fin. Ces bonnets seront vendus par quatre, et les dessins assortis pour pouvoir en faire col et poignets.

249 — Sous ce numéro seront vendus tous les coupons non catalogués.

www.ingramcontent.com/pod-product-compliance
Ingram Content Group UK Ltd.
Pitfield, Milton Keynes, MK11 3LW, UK
UKHW021039260726
13994UKWH00005B/2260

9 782329 356525